TABLEAU

DE PARIS,

OU

EXPLICATION

DE

DIFFÉRENTES FIGURES,

GRAVÉES A L'EAU-FORTE;

Pour servir aux différentes Editions du TA-
BLEAU DE PARIS, *par M. Mercier.*

Tentavit quoque, rem si dignè scribere posset.

YVERDON.

M. D. CCLXXXVII.

AVIS AU PUBLIC.

LE s Editeurs de cette fuite de petits
croquis pour le *Tableau de Paris*, ont
cru qu'il feroit très-agréable au public
de voir à côté des Chapitres les plus in-
téreffans de ce livre, des figures qui re-
préfentaffent aux yeux ce que M. MER-
CIER a dit avec tant d'élégance & de pré-
cifion. En conféquence ils ont fait deffi-
ner, par un artifte, quatre-vingt-feize
fujets à fon choix, & il en a gravé lui-
même, à l'eau-forte, plus de la moitié.

On a fait toute la diligence poffible
pour faire paroître cette fuite d'eftampes : on fait que la plupart des lecteurs
ne s'attachent qu'à ce qui eft nouveau,
& l'ouvrage de la veille eft fouvent oublié le lendemain. Il paroît cependant
que le *Tableau de Paris* n'aura point ce
fort, & qu'on le lira toujours avec plai-
fir, parce qu'il inftruit & qu'il amufe.

Cette fuite fera également intéreffante pour ceux qui ont vu Paris, comme pour ceux qui n'y ont jamais été. Elle fera, à ce qu'on efpere, agréable aux perfonnes qui ont lu le *Tableau de Paris*, & qui le poffedent, elles pourront l'y joindre; & ceux que leurs affaires ou d'autres circonftances empêchent de lire tout l'ouvrage de M. MERCIER, auront ici un *Tableau de Paris* en figures, qui pourra égayer leurs loifirs. D'ailleurs, on a choifi un format qui pourra s'adapter à toutes les éditions qu'on a faites de ce Tableau.

L'édition avouée par M. Mercier, eft celle dans laquelle les Chapitres fe fuivent de N°. I. jufqu'à DCLXXIV. On a cru en conféquence devoir fuivre celle-là. D'ailleurs, la plupart des éditions de ce *Tableau* ont les Chapitres numérotés de même. Quant à ceux qui auront des éditions où à chaque volume le Chapitre commence par N°. I, le fujet de l'eftampe leur indiquera à quel Chapitre ils doivent l'adapter.

✢✢

EXPLICATION
D É
DIFFÉRENTES FIGURES,
Gravées à l'eau - forte , &c.

F R O N T I S P I C E.

TOME I.

LA ville de Paris se détourne avec douleur
du Tableau qu'un satyre lui présente, & où
son histoire est peinte. Elle est caractérisée
par la Bastille qui surmonte sa tète couverte
de plumes. Un vaisseau à pleines voiles (les
armes de la ville) la couronne ; les brasse-
lets & la ceinture de fleurs-de-lys , de même
que l'inscription, *flava me rigat sequana , la*
jaune Seine m'arrose , ne laissent aucun doute
sur ce personnage allégorique ; les fleurs dans
un pli du tablier , sont l'image du plaisir.

Du milieu des ombres & des ténebres du Tableau s'éleve la flamme, réfultat de l'incendie que M. Mercier propofe aux habitans de Paris; & dans ces ténebres on découvre des eftropiés, des culs-de-jattes, des fiacres, des maifons renverfées, &c. Le pinceau large du Capripede dégoûte encore de la couleur fombre qu'il vient d'employer, & la pierre à broyer fur le devant en contient auffi un refte.

Rembruniffons nos pinceaux ! — font les propres termes de l'auteur, qu'il emploie au fujet des enterremens.

CHAPITRE II.

Greniers.

Un peintre & un auteur habitent le même grenier; ils font mutuellement d'une entiere fécurité fur leur tréfor. Le dernier eft auteur des *bijoux indifcrets*.

Lorfque les écrivains ont quitté leur grenier, ils ont auffi perdu leur feu : combien d'écrivains aujourd'hui qui n'y ont jamais habité !

CHAPITRE XXXII.

Perruquiers.

LE perruquier envoit de loin ſa poudre avec une groſſe houppe. Cette fleur de farine que tu ne ménage pas, te fourniroit un jour du pain.

C'eſt le portrait de M. L****, maître perruquier, rue D***.

CHAPITRE XXXVI.

L'Orthographe publique.

LA plupart des enſeignes qui garniſſent l'attelier du barbouilleur à mine importante, exiſtent encore à Paris, ou du moins y ont exiſté il y a quatorze ou quinze ans. Les perſonnes qui ont été à Paris jugeront ſi j'ai outré la défectuoſité & le ridicule de l'orthographe.

L'ignorance eſt gravée en lettres d'or : n'eſt-elle pas ſouvent de même ſous l'habit brodé en or ? C'eſt ſans doute ſur ces enſeignes que nos dames & nos grands ſeigneurs apprennent l'orthographe.

CHAPITRE XL.

Ruiſſeaux.

A la moindre pluie, un large ruiſſeau coupe une rue en deux : on voit alors des Pariſiens ſauter un ruiſſeau fangeux avec des bas blancs, des eſcarpins, recevoir le fleuve des gouttieres ſur un paraſol de taffetas, & faire des gambades par les rues.

Quel plaiſir d'ètre à Paris ! mais faut-il bien aller chercher un dîner ?

CHAPITRE XLII.

Boucheries.

U N boucher, caractériſé par le couteau qu'il tient d'une main & les *tripes* de l'autre, par ſes ſabots remplis de paille, par les os qu'il a à ſes pieds, eſt appellé par une Nymphe de la rue Jean S. Denys.

Vas-y : tu ne changeras point d'objet : charo... pour charo...

CHAPITRE

CHAPITRE XLVII.

Chambres garnies.

Deux étrangers , dont l'un eft en coftume polonois , travaillent en vain à faire brûler une falourde de bois humide : la fumée les étouffe. Les glaces caffées , la tapifferie pendante , repaire de punaifes , le plancher moitié décarrelé , les meubles antiques indiquent l'élégance de l'appartement.

Paris eft vraiment le centre des plaifirs pour l'étranger !

CHAPITRE XLVIII.

Fiacres.

Deux fiacres font accrochés avec une charrette dont le cheval eft fufpendu en l'air par le contrepoids des pierres dont elle eft chargée : un des chevaux du fiacre eft renverfé : une belle demoifelle veut fortir par la portiere.

Qu'elle eft à plaindre ! fes plaifirs font interrompus.

B

CHAPITRE LVII.

Le monarque.

UN monarque sert de modele dans une salle d'académie : chacun le voit à sa maniere. Le magistrat ne pense qu'à faire des remontrances ; le militaire le dessine en guerrier ; un enfant en fait une poupée, &c.

Trahit sua quemque voluptas. Chacun n'a que ses yeux.

CHAPITRE LXX.

Tables d'Hôtes.

LES plats sont bientôt vuidés : ceux qu'on apporte sont saisis à la volée. Un abbé & un procureur jurent ; un militaire doucereux prêche la modération.

Ignore-t-il que ces Messieurs n'ont pas mangé depuis vingt-quatre heures ; qu'ils ont à manger pour vingt-quatre sols & pour vingt-quatre heures ; & que si *ventre affamé n'a point d'oreilles,* il a encore moins de politesse.

CHAPITRE LXXI.

Cafés.

UN Arménien, un Anglois, un Allemand, se chauffent au poële d'un café : Un courtaud de boutique dit des douceurs à la belle limonadiere, qui montre à tous des charmes auffi frélatés que la liqueur qu'elle vend.

CHAPITRE LXXXIV.

Les écrivains des Charniers des Innocens.

UNE jeune poiffarde donne cinq fols à un écrivain public, dont la boutique eft adoffée à la muraille du Charnier des Innocens. Elle le prie de lui faire une lettre à font amant infidele : elle lui peint avec feu la force de fon amour. Mais, que la lettre d'un homme feptuagenaire, qui fouffle dans fes doigts, & qui n'a journellement pour voifins que des offemens, fera froide !

Les filles font plus véridiques là que dans le confeffionnal.

TOME II.

CHAPITRE CVI.

Officiers.

UN jeune militaire arrange ſes cheveux devant un miroir, parce que ſon perruquier ne les a pas arrangés à ſa fantaiſie.

Gare : ſi nous avons une guerre ; ſon *berceau ne fut pas de fer.*

CHAPITRE CXXIX.

Oiſifs.

UN ſculpteur proſtitue ſon ciſeau, un deſſinateur ſon crayon, un peintre en miniature ſon pinceau, pour tranſmettre à la poſtérité la plate phyſionomie d'un parvenu.

Quel eſt cet homme-là ? C'eſt un fils d'Abraham.

CHAPITRE CXL.

Commis.

UNE caisse renfermant une momie, est visitée à une des barrieres de Paris. Les commis épouvantés croient voir un homme cuit dans un four. Les bandelettes antiques sont prises pour des morceaux d'une chemise brûlée.

Ah! Messieurs de la finance, si vous n'ètiez pas si *nouveaux*, vous connoîtriez l'histoire ancienne.

CHAPITRE CXLI.

Maîtres.

UN philosophe, un musicien & un joueur d'échecs, attendent qu'il fasse jour chez le maître de la maison, pour lui donner des leçons. Ils se regardent avec mépris, parce que chacun n'estime que sa profession.

Le valet-de-chambre chauffe les calçons de son maître; & je crois que c'est celui qui lui est le plus utile de ces quatre personnages.

CHAPITRE CXLII.

Libraires.

Un libraire, dans fa boutique de papiers noircis, fe rengorge en voyant paroître un jeune auteur qui lui préfente un excellent ouvrage à imprimer : Il refufe le manufcrit; l'auteur n'a point, à la vérité, l'honneur d'être parmi les quarante élus. Ce n'eft point un Jean-Jacques; mais homme dur, regarde-le : il n'a point de culotte.

CHAPITRE CXLIV.

Bouquiniftes.

Deux bouquiniftes vifitent l'échoppe d'un vendeur de vieux livres; l'abbé s'attache aux volumes les plus poudreux; l'homme au nez à perroquet compile Montaigne. De quel fiecle êtes-vous Meffieurs? On n'aime pas plus les vieux livres aujourd'hui que les vieilles femmes.

CHAPITRE CLIX.

Nouvellistes.

U N grouppe de nouvellistes differtent fur les intérêts politiques de l'Europe dans les allées du Luxembourg. Le perfonnage à deux queues eft d'après nature.

Ils reglent les finances des princes, & ils n'ont pas fu adminiftrer les leurs. Il faudroit à la plupart le legs fait à l'abbé *trente mille hommes.*

CHAPITRE CLXXI.

Penfions.

U N maître latinifte mene des penfionnaires à la promenade. On voit à fon habillement qu'il eft pauvre, & à fa phyfionomie qu'il fouffre.

Qu'il efpere : Beaucoup de gens de mérite ont commencé comme lui. S'il ne peut avoir de la patience, qu'il fe faffe médecin de chiens, & il aura bientôt dix mille livres de rentes.

CHAPITRE CLXXII.

Domestiques, Laquais.

ON voit à la porte d'un hôtel une armée de domestiques inutiles, & faits uniquement pour la parade. Un abbé, sa serviette à la main, donne des ordres.

Qu'on n'en soit pas surpris : le maître de l'hôtel est un homme, qui du derriere du carrosse a passé dans le dedans, en évitant adroitement la roue ; & l'abbé n'est qu'un escroc qualifié, qui a l'ame de ceux auxquels il parle.

CHAPITRE CLXXIV.

Maîtres d'agrémens.

UN maître d'agrémens donne des leçons à un Russe, & l'instruit à prendre du tabac avec grace.

Mon pauvre Russe ! retournez à Pétersbourg, & prenez-y du tabac comme bon vous semblera.

CHAPITRE

CHAPITRE CLXXV.

Bijoux.

UN amateur contemple, avec fatisfaction, la quantité de bijoux qu'il poffede, & fon valet-de-chambre garnit les poches de l'habit de fon maître des tabatieres de faifon.

Un magafin de bijoux tient lieu à nos petits maîtres d'une bibliotheque choifie ; auffi ne les diftingue-t-on plus que par leurs breloques.

CHAPITRE CLXXVIII.

Promenons-nous.

UN roi de la feconde race fe promene dans les rues de Paris, les courfiers de fon char font des bœufs ; mais auffi les maifons de la bonne ville de Paris font couvertes de chaume.

C

TOME III.

CHAPITRE CCXIII.

Théatre Bourgeois.

UN cordonnier renommé dans sa profession , a voulu chausser le cothurne ; un poi-
gnard devoit être posé sur l'autel pour lui
servir au cinquieme acte. Un espiegle y subs-
titue un *tranchet :* & à la fin de la piece,
voulant se donner la mort , il empoigne le
tranchet dans la chaleur de la déclamation.
Heureusement pour lui, l'actrice lui retient
le bras.

Vu le risque qu'a couru ce cordonnier,
ce seroit bien le cas de lui dire : *Cordonnier fais ton métier.*

CHAPITRE CCXV.

Foire Saint-Germain.

LE géant représenté a à peine la hauteur
de celui qui se mesure avec lui, si vous lui
ôtez le turban & les brodequins.

Sans aller à la foire Saint-Germain, combien ne voit-on pas de gens qu'on a pris pour des géans, & qui, bien appréciés, n'ont été que des pygmées.

CHAPITRE CCXXXVIII.

Filles publiques.

U N avare feptuagenaire tire fon or de fon coffre, pour en acheter de jeunes attraits. La Veftale du palais royal prend l'or, & ne fourit pas même à la bienfaifance forcée de l'homme aux quinze luftres.

O homme! à qui l'habitude de l'ufure a mis une enveloppe métallique au tour du cœur, tu pleure; mais ton or a coulé: tu as cru jouir, tu n'as fait qu'augmenter tes regrets. Philofophes, qui cherchez des lumieres fur la dignité de l'homme, voulez-vous prendre une idée de fa grandeur? Venez-le contempler dans les bras de ces filles.

CHAPITRE CCXL.

Filles entretenues.

UNE Persanne à cinquante *tomans*, fait le pendant d'une de nos filles, qui se taxe à cent louis, même avec un air de dédain.

Quelle différence y a-t-il entr'elle & celle qui se contente de six livres? La différence qu'il y a entre un carrosse de remise & un fiacre. L'un est loué à la journée & l'autre à l'heure. Sans esprit, sans politesse, sans un seul agrément, comment ces filles peuvent-elles captiver si long-tems des hommes souvent très-estimables?

CHAPITRE CCXLIV.

Les petits chiens.

UNE dame est entourée de roquets & a pour eux des soins inconcevables. Elle a fait peindre même un de ses mâtins de Bologne, qu'elle avoit eu le malheur de perdre.

Je ne suis plus surpris qu'un Concile tenu à Mâcon dans le sixieme siecle, aie mis en question: *si les femmes sont de l'espece humaine ou non.*

CHAPITRE CCXLIX.

Des femmes.

DEUX femmes qui ont la manie de vouloir imiter les hommes, traverfent un ma-
rais rempli de rofeaux. On voit deux para-
tonnerres à leur château.

L'abbé Coyer l'avoit prédit dans fon *an-
née merveilleufe*. Leur fantaifie à imiter les
hommes, les rend-elles plus aimables ? Les
conducteurs empêchent le feu du tonnerre
d'entrer dans leur château : Il n'y a déja que
trop de feu électrique.

CHAPITRE CCL.

Cocarde.

DEUX pendants qui font contrafte : dans
le premier, une dame préfide aux tournois,
enrichit de fes mains la cotte-d'armes de fon
preux chevalier, lui préfente l'armure, l'en-
voie au combat ; dans l'autre, une jeune
demoifelle s'acquitte envers la gloire, en
donnant une cocarde.

L'amour pour la patrie eft aujourd'hui
d'un poids auffi léger que le préfent ; & le

C 3

préfent eft le vrai emblème de l'amour que l'on a pour le chevalier. Où a paffé le tems que l'œil d'une beauté étoit le foyer créateur de la flamme qui donnoit du reffort à l'ame & de la vigueur aux fentimens patriotiques?

CHAPITRE CCLIV.

Le joli.

Deux eftampes, qui font pendants, font relatives à ce Chapitre. Un guerrier du vieux tems, homme à large & forte poitrine, a la barbe rude & épaiffe, aux bras charnus, a la jambe fortement tendue, contente fon appetit, vuide un outre de bon vin, & mange un bon jambon. — Dans l'autre, un héros de nos jours, que les graces ont careffé en le formant, qui exhale une odeur d'ambre, dont le fourrire eft doux, dont la jambe fine & légere, & les mains femblent créées, non pour les travaux de mars, mais pour les jeux de l'amour, fuce délicatement une glace, prend un foupçon de liqueur, & ne connoît que des mets délicats.

Sur lequel l'Etat peut-il compter?

CHAPITRE CCLXXVII.

Les prisons.

U n *cercueil bannal* est à la porte de la prison, les *pailleux* l'appellent *la croûte de pâté.* Il va recevoir un mort auquel on n'a accordé qu'un linceul. Le gardien aussi féroce que le chien son adjoint, n'a pas l'air fort attendri.

Console-toi, infortuné prisonnier, les hommes n'ont plus de pouvoir sur toi.

CHAPITRE CCLXXXIII.

Anecdote.

U n vieillard qui depuis quarante-sept ans étoit à la bastille, en sort à l'avénement de Louis XVI. au trône. Il regarde le ciel comme un objet nouveau; ses jambes sont immobiles; ne pouvant supporter le mouvement de la voiture extraordinaire pour lui, il en descend, conduit par un bras charitable, il demande la rue où il logeoit. Sa maison n'existe plus, il ne reconnoît plus les demeures de ses voisins, ni les voisins eux-mêmes; il n'est connu de personne :

il s'écrie : *Peut-on vivre hors de la Bastille ?*
Et ceux que la curiosité ou la pitié avoient
amené autour de lui, s'écrioient : *Peut-on
laisser un homme quarante-sept ans à la Bastille ?*

CHAPITRE CCXCI.

Académie des Inscriptions.

UN antiquaire, assis sur un autel, se
complaît à admirer un vase étrusque & autres monumens antiques qui ornent son *mu-
sæum* : Son enthousiasme pour tout ce qui
est ancien, lui fait mettre une paire de san-
dales, faites sur le modele de celles que portoit Diogene ; mais se contenteroit-il d'un
tonneau pour logement ?

TOME

TOME IV.

CHAPITRE CCCII.

Porte-Faix.

LE porte-faix légérement courbé, soutenu par un bâton, porte avec souplesse & dextérité, au milieu des embarras des voitures, & dans des rues étranglées, une glace qui en occupe toute la largeur, & fait danser toutes les maisons pour qui la suit & la regarde.

Quelles obligations ne lui ont pas par fois nos petits maîtres? Ils peuvent, tout en courant, arranger leurs coéffures. Mais n'y en a-t-il pas quelques-uns qui devroient être tentés de briser la glace? Non; chacun est content de son portrait.

CHAPITRE CCCIII.

Melons.

LES melons qui croissent aux environs de Paris, n'en ont que la figure. Un ama-

D

teur de melons porte la peine de fa gourmandife : l'ufage fréquent de ce fruit, qui
a fi fort dégénéré à Paris, a gâté fon efto-
mac, & l'a mis dans un état de décrépi-
tude.

Ah ! Monfieur le gourmand, vous de-
vriez favoir qu'il y a long-tems qu'on a
dit : *Que les melons font comme les amis,
qu'il faut choifir fur cent pour en trouver un
bon.*

CHAPITRE CCCXVI.

Portes cocheres.

C'EST une allée où des gens vont fatis-
faire à des befoins preffans : Cette coutume
eft fort fale & fort embarraffante pour les
femmes qui ont a paffer dans ces allées.

Qu'y faire, mes Dames ? il eft fâcheux
de n'être pas maître chez foi. Logez-vous
dans des maifons à porte-cocheres ; ou bien
quand vous fortirez de chez vous, fermez
les yeux, relevez votre robe, prenez du tabac, & flairez votre flacon.

CHAPITRE CCCXVIII.

Savoyards.

UNE vielleuse savoyarde des boulevards porte sur une gorge souillée un large cordon bleu. Un enrôleur prend quelques libertés avec elle.

Où sont, belle Savoyarde, les mœurs des Alpes ? Et toi, crapuleux enrôleur, tu ne trouveras rien; trop de gens y ont passé avant toi.

CHAPITRE CCCXIX.

Enfans devant leur pere.

UN enfant parle à son pere d'une maniere leste & peu respectueuse ; il le menace s'il ne lui accorde pas ce qu'il lui demande. La mere sourit & semble applaudir aux propos indécens de son fils.

Tu l'as voulu, pauvre imbécille; ton fils te montre le bâton, & tu pleures. Il y a vingt-ans qu'on auroit dû voir le contraire,

CHAPITRE CCCXXIX.

Les heures du jour.

Les deux eftampes intitulées : l'une *à neuf heures du matin*, & l'autre *à neuf heures du foir*, font pour le même Chapitre. Dans la premiere, un garçon perruquier tient d'une main le fer à toupet, & de l'autre porte une perruque. Un garçon limonnadier porte du café & des bavaroifes dans les chambres garnies. Un apprentif écuyer, fuivi d'un laquais, montés fur des chevaux, courent battre les boulevards, & font payer quelquefois aux paffans leur inexpérience.

Celui qui a dépenfé fix fols pour faire peigner fa perruque, n'aura pas fouvent de quoi dîner. L'homme à chambre garnie qui va en donner autant pour fon café, ne pourra pas payer fa chambre à la fin du mois. Et M. l'apprentif écuyer peut à peine payer le vernis qu'il met à fes bottes.

La feconde eftampe nous repréfente les proftituées : la gorge découverte, la tète haute, le vifage enluminé, l'œil auffi hardi que le bras, malgré la lumiere des boutiques & des réverberes, courant les rues, faififfant un jeune militaire & fe le difputant. Une autre a été plus heureufe, & s'eft faifie

d'un artifan, qui paroît plus chargé de vin
que d'argent. Le jeune militaire ne paroît
pas vouloir fe rendre : ce n'eft pas un Hercule, ou du moins un Hercule qui foit *entre
le vice & la vertu.*

Il n'y a qu'un moyen pour fe débarraffer
de ces Nymphes nocturnes; dites - leurs:
Je n'ai plus d'argent, j'en viens & je ne....

CHAPITRE CCCXXXI.

Des dimanches & fêtes.

UN favetier voit au coin d'une borne
un fergent ivre, qu'on tâche de relever,
& qui retombe lourdement fur la pierre :
Il quitte fon tire-pied, fe pofte devant l'homme chancelant, & s'écrie : Qu'il eft heureux ! il eft ivre, & nous ne fommes qu'au
jeudi : que je fuis à plaindre ! je ne pour-
rai l'être que dimanche.

CHAPITRE CCCXXXII.

Carnaval.

LE gouvernement fait promener dans les
rues de Paris des mafcarades, qui figurent
l'allégreffe publique.

Dans le même tems les prêtres exposent le *Saint Sacrement* dans les églises. Tant il est vrai que même dans les moindres choses, la Sacerdoce n'est jamais d'accord avec l'empire.

CHAPITRE CCCXXXIII.

Tragédies modernes.

Un poëte déclame une tragédie devant un roi de Perse, auquel on avoit prédit qu'il mourroit d'un long bâillement. La tragédie fit bâiller le prince, & il mourut.

Pour éviter pareil malheur, on ne donne plus à Paris que des tragédies qui font rire.

CHAPITRE CCCXXXV.

Où est Démocrite !

Un perruquier habile avoit posé sur la tête d'un tailleur du roi une perruque qu'il lui avoit commandée. Que vaut votre perruque, lui demande celui-ci ? Je ne veux point d'argent, répond le perruquier, vous me couperez un habit. Mes ciseaux font consacrés à la cour, lui dit le tailleur, ils ne travaillent pas pour un perruquier ; &

moi , reprit l'autre , je ne coëffe pas un tailleur. Et auffi-tôt il lui arrache la perruque.

Vous avez tort , M. le tailleur, fans le perruquier , combien de têtes dont on ne s'appercevroit pas.

CHAPITRE CCCXLVI.

La galerie de Verfailles.

UN courtifan de quatre-vingt ans , & qui en a bien paffé quarante-cinq fur fes pieds dans les antichambres du roi, des princes & des miniftres; nouveau Siméon Stylite tout rayonnant a les jambes enflées , il tire fa montre pour favoir fi c'eft l'heure d'aller faire fa cour.

Pauvre courtifan! vas-tu demander un paffe-port pour l'autre monde? Ne fais-tu pas que la plupart des miniftres font comme les coquettes, ils vous accueillent bien , vous bercent de paroles flatteufes , & n'accordent rien.

TOME V.

CHAPITRE CCCLXX.

Portiers.

UN curieux se présente pour voir une galerie, le Suisse l'arrête & lui dit : on n'entre pas.

Donnez une piece de monnoie, & vous entrerez. Le maître de la galerie ne l'a-t-il formée que pour enrichir son Suisse, ou partage-t-il avec lui ?

CHAPITRE CCCXCVI.

Sonneries.

DES cloches sont en mouvement pour la fête d'un Saint qui vient se percher sur des nuages, pour entendre ce tintamare qu'on fait à son honneur & gloire. Dans ce tems-là, le battant d'une cloche se détache & va casser la tête à une dévôte, qui entroit dans l'église pour honorer ce Saint.

Quelle

Quelle inconféquence de faire enrager les vivans pour honorer les morts. Ce Saint aimoit apparemment de fon vivant la mufique bruyante.

CHAPITRE CCCXCVII.

Deftruction du linge.

DEUX jeunes gens, qui n'ont que deux chemifes, ne veulent point les livrer aux blanchiffeufes de Paris, qui les leurs auroient trouées dans deux femaines : Ils vont les laver eux-mêmes au coin d'un bateau ; ils étendent enfuite ces chemifes au bout d'une méchante canne, & attendent pour les endoffer, que le foleil les ait féchées.

Suivez ces Meffieurs : ils vont fe faire coëffer, ils ont deux montres, ils coufent des manchettes à dentelles fur leur chemife, & ils en ont tout au plus deux. Que ne fait pas la vanité ?

E

CHAPITRE CCCC.

Passe-par-tout.

Un habitant de Paris a oublié le passe-par-tout; il n'a pu entrer chez lui. Il a été obligé d'aller passer la nuit dans un hôtel, dit *garni*. A peine est-il couché que des milliers de punaises & de puces l'assaillissent: il crie, il appelle, il demande de la lumiere, il sort de son lit tout stigmatisé.

Il en est pour sa peau & pour un petit écu. Voilà les ressources que l'on trouve à Paris!

CHAPITRE CCCCI.

Perruque à trois marteaux.

L'homme en habit noir, la veste brodée en or, & la perruque à trois marteaux, est saisi par une pluie violente dans la rue Ticquetonne. Un large ruisseau se présente: un décrotteur place un pont à roulettes; l'homme en perruque passe sur ce pont chancelant, glisse, trébuche, & s'étend au milieu du ruisseau. Le décrotteur réclame encore trois deniers pour le passage.

On eſt officieux à Paris ; mais on veut être payé. Vous feriez-vous caſſé le col ? on ne fait rien pour rien.

CHAPITRE CCCCII.

Coëffure des enfans.

ON voit un enfant de ſept ans, tel qu'on les habilloit il y a trente ans. Il eſt introduit près le fils d'un lord & de ſon âge, dont les cheveux flottent à l'aventure, & dont le corps eſt ſouple & robuſte. Le petit François ſe tue à faire de profondes révérences dont l'Anglois rit.

Je ne ſais ſi on avoit tort, il y a trente ans : Les enfans penſoient alors comme des hommes, & aujourd'hui les hommes penſent comme des enfans.

CHAPITRE CCCCVI.

A la royale.

UN charlatan fait voir des animaux qu'il annonce comme rares, entr'autres un rat : Il a mis ſur ſon affiche, *le roi l'a voulu voir.*

Tout eſt *à la royale* aujourd'hui , ce qui au figuré ſignifie *bon* , *excellent*. Le petit peuple ne ſuppoſe pas que le médiocre, en quelque genre que ce ſoit, puiſſe avoir la témérité d'approcher de la cour. Ce n'eſt pas le cas de dire : *vox populi* , *vox dei*.

CHAPITRE CCCCXXV.

Proceſſion des huiſſiers.

LE 'lendemain de la Trinité, les huiſſiers à cheval & à verge, & les huiſſiers priſeurs montent à cheval, couverts de leurs robes noires, & vont ſaluer les principaux magiſtrats.

Il eſt fâcheux que cette ſinguliere proceſſion ne faſſe pas une ſtation à la place de Grève. Il ſeroit convenable que cette confrairie, mere-nourriciere du parlement, y chanta : *libera nos domine de morte*, *&c.*

CHAPITRE CCCCXXXII.

Mets hideux.

DEUX regrats, l'un de Paris, l'autre de Verfailles, forment deux eftampes pour ce Chapitre. Dans le premier, 'on voit fur des affiettes mutilées des reftes de mets, rebut des valets, où la moififfure a déja dépofé fa premiere empreinte. C'eft un honnête homme que des revers ont précipité dans un état obfcur qui les achete & les cache. Dans l'autre, ce font des pieces en entier qui fortent de la table du roi & des princes, que le bourgeois, l'officier décoré de la croix, ne rougiffent point d'acheter.

Ames fenfibles & bienfaifantes, le premier eft le vrai baromètre du malheur d'un bon citoyen: foyez le foir l'efpion de ces échoppes, & vous connoîtriez la vertu dans le befoin. Vifitez les fecond, vous n'y verrez que des gens qui veulent contenter leur gourmandife à bon marché.

CHAPITRE CCCCXL.

Dépouilleuſes d'enfans.

DANS une allée longue & ténébreuſe, par l'appas de quelques dragées, deux femmes ont attiré quelques petits enfans: en un tour de main, elles ſe ſont emparées de leurs habits, boucles, &c. & elles y ont ſubſtitué une ſouquenille groſſiere. Les enfans pleurent & crient: une complice prend le ton d'une gouvernante, & les menace de leur donner le fouet.

A l'exemple des traitans: tant de peres de famille ſont déshabillés à Paris, pourquoi leurs petits enfans ne le ſeroient-ils pas?

CHAPITRE CCCCXLVII.

Vendeur de tiſanne.

IL porte une fontaine de fer blanc ſur ſon dos; il a un bonnet garni de plaques & de plumes de héron; il eſt ceint d'un tablier blanc. Il eſt preſſé de reprendre le gobelet auquel boit le petit enfant, pour faire boire la vieille.

On ne peut rien faire lentement à Paris: d'autres attendent.

TOME VI.

CHAPITRE CCCCLXV.

Anon.

IL porte des paniers remplis de fleurs : il eſt conduit par une fraîche jardiniere : l'attirail forme un grouppe qui plaît à l'œil, il réjouit la vue & l'odorat.

Quel eſt cet ânon ? Sa mere a nourri le marquis *** ; c'eſt le frere de lait du marquis *** ; on le voit, il a un air de famille.

CHAPITRE CCCCLXXV.

Saints défigurés.

LE portail d'une églife offre nombre de figures gothiques, noires, hideufes : à l'une il manque le nez, à l'autre une oreille, un bras : on leur met à certains jours une couronne de fleurs fraîchement cueillies.

Hélas ! on veut les rajeunir ; mais elles tomberont peu-à-peu : le gothique difpa-

roîtra, & le portail de l'églife fera fimple &
uni.

CHAPITRE CCCCLXXIX.

Chaife - à - porteur.

DEUX robuftes porteurs portent un homme que l'embonpoint empêche de marcher :
La chaife fe trouve au milieu d'un trou-
peau de bœufs effarés : Une corne faifit le
brancard & renverfe la boîte; il faut la re-
tourner pour ouvrir la porte. Un bœuf en
paffant enleve, avec fa corne, la perruque
du gros individu.

Comme cette perruque lui va bien! elle
eft collée fur fa tête : la femme du perfonnage qu'on portoit, vous dira pourquoi.

CHAPITRE CCCCLXXXI.

Peaux de lapins.

UN Auvergnac, crieur de peaux de lapins dont il eft furchargé, fait fuir les
chats à fon afpect, parce qu'il eft homme
à en vouloir à leur robe. Il a de plus dans
fa poche un couteau, toujours prêt à châ-
trer

trer les matous; les chattes, en fe fauvant
fur les gouttieres, expriment par des miau-
lemens plaintifs, combien la figure de ce
barbare leur eft défagréable.

Paris eft la ville des plaifirs : Les feules
chattes en feront - elles privées ? Cela n'eft
pas honnête, elles les procurent *gratis* &
fans rifque.

CHAPITRE CCCCLXXXII.

Porcs.

Le fils de Louis le Gros traverfant Paris, un cochon s'embarraffa dans les jambes de fon cheval, qui s'abattit, & ce jeune
prince mourut de la chûte.

Nos princes n'ont plus rien à craindre
aujourd'hui dans les rues de Paris; les
cochons y marchent fur deux jambes.

F

CHAPITRE CCCCXCVIII.

Toilette.

Il y a deux eftampes pour ce Chapitre.
La premiere repréfente la toilette fecrette,
à laquelle perfonne n'affifte, encore moins
les amans. C'eft dans celle-là qu'on met en
ufage les cofmétiques qui embelliffent la
peau. La feconde eftampe repréfente la feconde toilette, qui n'eft qu'un jeu qui fa-
vorife le développement de mille attraits
non encore apperçus.

Sans la premiere, on ne reconnoîtroit
plus fouvent la maîtreffe du logis. La feconde la retient long-tems à l'âge de vingt
ans. L'une & l'autre nous cachent l'idole
qu'on encenfe.

CHAPITRE CCCCXCIX.

Pots de fleurs.

Un Parifien a élevé en l'air un petit
jardin de trois pieds de long, (l'amour de
la campagne eft commun à tous les hommes) il l'arrofe matin & foir. Au moment
qu'on y penfe le moins, la maffe s'échappe,

tombe du cinquieme étage , & vient écraser un pauvre diable qui dépofoit le fumier pour ce jardin.

Quel pays , où les fleurs même donnent la mort!

CHAPITRE DIII.

Tours de filoux.

UN filou arrête un exempt habillé en abbé, qui avoit accofté une fille ; c'eft un tour qu'il faifoit fouvent pour faire rançonner Meffieurs les Abbés qui alloient en maraude. L'exempt fe fait connoître & faifit le filou.

La défenfe eft devenue auffi ingénieufe que l'attaque, dit M. Mercier. Qu'il eft trifte pour l'habitant de Paris qu'elle foit néceffaire. Eft-ce vivre que de fe voir continuellement dans un bois des plus dangereux?

CHAPITRE DXXI.

Joûtes.

EN face de la rapée, on a formé une enceinte de quelques toises fur un bras de la Seine : Là les matelots de Paris, une gaule en arrêt, s'avancent fur des batelets & luttent à qui fe renverfera dans l'eau. On voit enfuite ces hiftrions aquatiques, déguifés en abbés & en procureurs, fe précipiter dans la riviere & figurer des marfouins.

Ces pauvres abbés font mis *à toute fauce.* Qu'y a-t-il de commun entr'eux & les procureurs ? Les premiers gagnent leur vie par la langue, & les autres par les doigts. Ce font donc là vos fêtes, Parifiens : *& nos plaifirs font voifins de l'ennui.*

CHAPITRE DXXVIII.

Petits Negres.

LES petits negres ont fuccédé à la perruche, à l'épagneul & à la levrette : Un petit negre eft careffé par fa tendre maîtreffe ; il efcalade fes genoux, il appuie les levres fur fa bouche, & fes mains d'ébene relevent la blancheur d'un col éblouiffant.

Le negrillon eft careffé, & le fils eft mis en nourrice à dix lieues de Paris.

CHAPITRE DXXXV.

Pieces de deux fols.

DEUX crocheteurs fe caffent la mâchoire pour une piece de deux fols; l'un des deux ne veut la recevoir que pour fix liards.

Deux grandes armées fe battent fouvent pour moins.

TOME VII.

CHAPITRE DXLII.

Matrônes.

On voit le portrait de différentes filles de Paris que des matrônes gardent dans leur ferrail, avec le fobriquet qu'indiquent la taille, la figure, le caractere.

Mettez tous ces noms dans un fac, & tirez au hafard ; il n'en fortira jamais qu'une P. . . .

CHAPITRE DXLVIII.

Le Fat à l'Angloife.

C'est le ton aujourd'hui de copier l'Anglois dans fon habillement : On a l'habit long, étroit, le chapeau fur la tête, la cravate bouffante, les gants, les cheveux courts & la badine.

N'avons-nous autres chofes à imiter des Anglois que la forme de leur habillement ? Il tarde à M. Mercier d'être volé à l'An-

gloife. Pour moi, il me tarde que nos traitans imitent ces honnêtes voleurs, *qu'ils par-
tagent avec moi.*

CHAPITRE DXLIX.

Infcriptions.

U n porteur d'eau veut expliquer à fon
camarade une infcription latine, qui eft fur
une fontaine : Quelques lettres effacées au
mot *puteus*, font croire au doɔteur foi-di-
fant, qu'on a voulu défigner une p . . . .
de la derniere claffe.

Son erreur eft pardonnable : Il fait que
les pédans des *quatre facultés* font auteurs
de pareilles infcriptions, & amateurs des
p . . . . . Il croit què c'eft un monument
élevé à Mademoifelle *Fonsborto*, qui demeu-
roit près du college Du Pleffis.

CHAPITRE DLIII.

Courtiers.

U n jeune gentilhomme a befoin d'argent :
il va trouver un courtier dont le métier eft
d'en faire prêter. Il lui faut mille louis ; on

lui en compte cent, & le reſtant eſt payé en livres, en toiles, en chapeaux, en bas & en ſeringues. Le jeune homme peſte, jure, le portrait de ſon pere en gémit; mais il en paſſera par-là, & le tout réaliſé lui fera à peine entrer dans ſa bourſe encore cent autres louis.

La fille du courtier ou de l'uſurier, qui lui a prêté, payera ſes dettes en l'épouſant.

CHAPITRE DLXI.

Le Calvaire ou le Mont-Valérien.

UN confeſſeur avoit ordonné à ſon pénitent, pour l'expiation de ſes fautes, de faire un pélerinage au Calvaire, (montagne près de Paris) avec des pois dans ſes ſouliers; celui-ci trouvant la tâche trop pénible & voulant toutefois obéir, les fait cuire au premier bouchon, & continue ainſi ſa route.

Chacun ſe fait une conſcience à ſa guiſe: Ce confeſſeur couche ſur le duvé; il prend une grande taſſe de chocolat les jours de Jeûne: *Chacun fait cuire ſes pois.*

CHAPITRE

CHAPITRE DLXIV.

Inventaires. Ce qu'on ne voit pas.

UN financier qui favoit théfaurifer, meurt : Les héritiers n'ont rien de plus preffé que de chercher fon or. On ne trouve rien ; on va à la bibliotheque : au fommet regnoit un long cordon de gros volumes, dont le titre étoit *Peres de l'Eglife* : L'huiffier veut en déranger un pour l'offrir au libraire prifeur. Le volume pefant lui échappe des mains, & trois mille louis d'or fortent d'un volume intitulé, *Saint Chryfoftôme*. Ses voifins Grégoire, Jérôme, Auguftin, Bafile, rendent également tout ce qu'ils receloient. Les héritiers font contens, & l'argent eft emporté.

Ces bons Peres, morts depuis quinze à feize cens ans, n'auroient jamais imaginé de devenir un jour *caiffier* d'un gros financier.

CHAPITRE DLXXIII.

Luxe, bourreau des riches.

UN homme très-riche dînoit avec un de fes amis, & il foupiroit : Qu'avez-vous,

G

lui dit l'ami, vous êtes inquiet, & tout vous rit. Il ouvre un fruit, un ver en rongeoit le cœur : & moi auffi, dit l'homme opulent, un ver me ronge ; mais ce ver eft invifible.

Falloit-il, pour acquérir ces richeffes, commettre tant de baffeffes qui aviliffent l'homme ? Homme aveugle ! répands ton or, & le ver difparoîtra.

CHAPITRE DLXXIV.

Plume de Commis.

UN de nos rois trempe fon gantelet dans un pot d'encre, & applique ainfi fa fignature de toute fa main royale.

Dans ces heureux tems on ne faifoit pas couler tant d'encre, on n'employoit pas tant de papier ; mais le prince étoit plus aimé & les fujets étoient plus heureux. Si nos financiers n'avoient pas d'autre plume, il leur faudroit tout l'Océan pour écritoire.

CHAPITRE DLXXVI.

Saifies.

On dépouille publiquement une femme qui porte fur fon dos & fur fa tête une quarantaine de paires de culottes pour les vendre & avoir du pain : Et pourquoi la dépouille-t-on ? C'eft parce qu'elle n'a pas l'honneur d'être de la majeftueufe communauté des *Frippiers*.

Il eft fingulier qu'avec mon argent je ne puiffe pas faire couvrir mes feffes par qui bon me femble ; & ces infamies s'operent fous le nom de gens en place !

CHAPITRE DLXXXV.

Latrines publiques.

N'y ayant point dans Paris de latrines publiques , les quais , les promenades le deviennent.

Les vendeurs de tabac & les parfumeurs feroient-ils caufes que la police n'a point remédié encore à cet inconvénient ? Les prédicateurs qui déclament fi fouvent contre tel ou tel abus , ne devroient-ils pas dé-

G 2

ployer leur zele fur l'indécence qu'il y a, qu'un homme mette fa culotte bas au milieu d'une rue, au coin d'une borne : Ils attendent apparemment que les femmes prennent la même liberté, ils feront *d'une pierre deux coups.*

CHAPITRE DLXXXVIII.

Lettres de Cachet.

UN *eſtampilleur*, d'ailleurs fort gracieux, ſignifie une Lettre de Cachet, a un auteur vraiſemblablement qui comptoit aller faire un petit tour de promenade.

J'aime bien mon prince, je reſpecte ſa ſignature ; mais je ne voudrois pas qu'il ſe mêla de mon logement & de ma nourriture. Tel eſt envoyé à la Baſtille pour avoir déraiſonné dans un livre, qui n'auroit mérité tout au plus que les petites maiſons.

CHAPITRE DXCII.

Tête tranchée.

U N defcendant des .... des .... des ....
compte avec gloire les têtes tranchées dans
fa maifon, & en montre les tableaux à fon
ami.

Cela a fait *fouche* : il en refte très-peu aujourd'hui dans fa famille, même en comp-
tant la fienne.

T O M E V I I I.

C H A P I T R E DCVII.

Triomphe de Voltaire. Jeannot.

VOLTAIRE tout rayonnant de gloire, fatigue une actrice en voulant lui donner des leçons de déclamation dans fa chere tragédie d'*Irene*. L'actrice en rit *fous cape*, & fe moque du nouvel acteur.

A ton âge, mon cher Voltaire, on déraifonne & on grimace. N'en fois pas furpris, depuis long-tems tes chers enthoufiaftes t'en donnent l'exemple.

C H A P I T R E DCX.

Petites filles. Marmots.

UN jeune enfant fe promene dans un jardin avec une perfonne formée, qui l'appelle *fon petit mari*. On donne à l'enfant la permiffion de tout dire ; on l'invite au babil ; on loue fon ton familier & indécent.

Avec pareille éducation, on ne peut qu'avoir des hommes bêtes, orgueilleux, fats, infolens & préfomptueux ; & voilà les hommes de Paris.

CHAPITRE DCXI.

Le vrai journalifte.

LE tems, au bord du fleuve de l'oùbli, y fait plonger beaucoup de livres. Le Tableau de Paris alloit fubir le même fort, il avoit déja touché l'eau, le tems l'en retire.

C'eft-là l'irrévocable journalifte : On ne revient point de fes jugemens ; il n'écoute ni la cabale, ni les préventions ; il n'eft point académicien, & il ne reçoit ni préfent, ni argent.

CHAPITRE DCXII.

Tretaux des Boulevards.

LA piece commence par un tiraillement d'oreilles, & finira par une baftonnade fur le dos de paillaffe.

Ici c'eft l'acteur baftonné qui fait le dénouément ; je connois beaucoup de pieces où ce devroit être l'auteur.

CHAPITRE DCXVIII.

Sybarites.

IL y a deux eſtampes pour ce Chapitre. Dans l'une c'eſt un jeune Sybarite couché ſur un lit de fleurs, qui défend à ſes bras le plus léger exercice, qui ne veut autour de lui que les plus riantes couleurs. Une bibliotheque ſcandaleuſe, des miniatures d'une laſciveté qui fait honte à la nature, voilà ce qui orne ſon cabinet ſecret.

Il ſort de ſon boudoir, il ſe croit capable de tout connoître & de tout apprécier : Semblable à Mégabyſe, qui fait le ſujet de la ſeconde eſtampe, il va viſiter un ſecond Appelles dans ſon attelier, ſa robe de pourpre déployée, il ſe permet de diſſerter ſur les tableaux : Appelles l'entend & lui dit : *Il falloit reſter muet ſous ta robe de pourpre; ne vois-tu pas que le petit garçon, qui broye mes couleurs, rit ſous cape de tes diſcours ?*

Te voilà mort avant le tems, riche Sybarite, tu ne jouis pas. Reſte ſur ton lit de roſes, végete, & ne te mêle pas de décider.

CHAPITRE

CHAPITRE DCXXIX.

Feuilles périodiques.

LA rénommée dont les aîles ont pour plumes des bandes de papier, annonce l'efprit des Journaux. Des guirlandes où font les titres de différentes feuilles périodiques l'entourent : derriere elle s'éleve le fiecle de Louis XIV, qui eft étourdi d'entendre annoncer tant de titres : des auteurs folliculaires, affis fous une efpece de hangard, écrivent ; l'un a la tête d'oie, l'autre d'un bœuf, celui-ci d'un âne, cet autre d'un perroquet.

Reconnoiffez à ces traits F... le M... le j. des S... le j. e... & &c. &c. &c. &c. Ces animaux ne fympathifent guere, c'eft tout fimple ; l'un a un bec large, l'autre un bec crochu, celui-ci porte des cornes, & celui-là des longues oreilles ; ce hangard vaut bien la ménagerie de Verfailles.

H

CHAPITRE DCXXXVII.

Maçons.

C'est dans les murs en pierre-de-taille, en tout ou en partie, que la rufe & la fripponnerie du maçon triomphent. Chaque pierre doit avoir l'épaiffeur du mur, pour qu'il foit folide : Que fait le maçon impofteur? Il emploie du carreau de pierre de trois pouces d'épaiffeur, il le met debout de chaque côté du mur, de maniere que les deux carreaux reffemblent parfaitement à une pierre-de-taille : il refte un vuide, qui eft rempli avec des débris qui ne font point liés avec les pierres-de-taille; il enleve par-là au propriétaire la folidité de fon mur, & à fa bourfe quatre livres dix fols, fur fix livres, chaque fois qu'il répete ce vol. Ce délit s'appelle en terme de maçonnerie *faire de la mufique*, par reffemblance fans doute des lignes & des efpaces dans les papiers de mufique. C'eft ce que repréfente l'eftampe. Dans le lointain le feigneur qui fait bâtir, témoigne fon étonnement à l'architecte fur les dépenfes exhorbitantes qu'il lui fait.

Nos compofiteurs françois font de la mufique; mais je l'aimerois encore mieux que celle de Meſſieurs les maçons. L'une ne m'écorche que les oreilles, & celle-ci peut m'écorcher toute la peau & réduire mes os en pouſſiere.

CHAPITRE DCXLVIII.

Paillaſſe.

PAILLASSE, après avoir tourné ſon chapeau comme ceci, après avoir coupé ſes cheveux comme cela, avoir fait un grand ſaut qu'on n'avoit point encore fait avant lui, met la tête ſous les jupes d'Argentine; dès-lors le grand & ſérieux Léandre, le chapeau ſous le bras, nous offre dans tout ce qu'il dit & dans tout ce qu'il fait, la raiſon, la bonne grace & la dignité.

Qu'un paillaſſe eſt d'une grande reſſource! On n'en voit qu'aux boulevards; je connois d'autres théatres où il en faudroit: mais tous voudroient-ils mettre la tête ſous les jupes? Il n'y fait pas toujours bon.

CHAPITRE DCLVII.

Miracles.

A l'encoignure d'une rue de Paris, il y avoit une ſtatue de la vierge; perſonne n'avoit jamais pris garde de quel côté elle avoit la tête tournée. La proceſſion du Saint Sacrement venant à paſſer, quelqu'un s'écria que la vierge venoit de tourner la tête du côté du prêtre, comme pour ſaluer ſon fils. Ce miracle paſſe de bouche en bouche; la populace accourt; une vieille allume un cierge au pied de la vierge; le lendemain cinquante mille ames ſur pied environnent la ſtatue de plâtre. Notez que la vierge adoſſoit la boutique d'un vendeur de cierges; il eut bientôt vuidé ſon magaſin. On prétend que le marchand épicier, qui étoit mal dans ſes affaires, avoit décollé l'image de plâtre, & au moyen d'un fil-d'archal lui avoit fait tourner la tête, dans l'eſpérance qu'il vendroit beaucoup de cierges. Combien de miracles ne tiennent qu'à un fil-d'archal! Encore celui-ci a-t-il été bon à quelque choſe: Il a contribué à remonter la fortune délabrée d'un pauvre épicier. *Néceſſité*, dit-on, *eſt la mere de l'induſtrie*.

CHAPITRE DCLXIX.

Animaux renfermés.

LES pauvres gens à Paris ont dans leur petite chambre, pêle-mêle, des chiens, des chats, des oiseaux, des lapins, &c. leur garenne est à côté de leur lit.

Où peut-on être mieux qu'au sein de sa famille ? Hélas ! oui. Ces pauvres gens sont aimés par tous ces animaux : Nos grands seigneurs ont dans leurs palais des cuisiniers, des valets-de-chambre, des maîtres-d'hôtel, des laquais, des cochers, des palfreniers, des suisses, des marmitons, des jockeis, qu'ils nourrissent & paient bien : touces ces especes d'animaux leurs sont-ils beaucoup attachés?

CHAPITRE DCLXXIV.

Vue des Alpes.

L'Auteur du Tableau de Paris voit sur la cime d'une des montagnes des Alpes la vérité qui lui dit : *Mon fils, les huit volumes que tu viens d'écrire, & que tu vois porté dans les cieux, ne contiennent que ce que je t'ai inspiré; il falloit venir habiter au pied des montagnes, sur lesquelles je domine, pour me connoître.*

Abandonne Paris, ce théatre où joue l'espece humaine, où l'on voit plus de scenes de douleurs que de scenes de plaisirs, plus de bruit que de grandes choses, plus de fumée que de gloire, plus d'ostentation que de vertu : vois-y celui que l'on qualifié du nom de sage, entraîné comme les autres, aimer & trahir la vérité, conseiller ce qui est bien, & faire ce qui est mal; vois-y l'homme indigent, sans appui, sans consolation, sans secours; vois-y les philosophes qui n'offrent que les monumens & les débats de l'orgueil, qu'un code d'erreurs & de contradictions, d'incertitudes ou d'extravagances; vois-y des hommes crédules, abusés par le nom d'ami, s'égarer en gémissant sur les traces d'un être de raison;

vois-y enfin le plus doux des fentimens,
celui qui doit faire adorer l'exiftence, fe
détruire ou fe dégrader dans les cœurs les
plus vertueux, & fe changer en la fource
fatale des plus viles paffions. Fuis ce chaos
d'horreurs & refte au pied de cette mon-
tangne, fi tu veux être heureux.

Le Satyre ou *Capripede*, honteux d'avoir
préfenté un tableau fi hideux, fi révoltant,
prend congé du public, & s'enfuit. Il re-
viendra dans cent ans : Quel tableau pré-
fentera-t-il ? Hélas ! peut-être le même
peut-être pis.

F I N.

Dunkers Skizzen

für

Künstler und Kunst=Liebhab

über

Paris.

———————————o———————————

Sechs und neunzig radirte und geätzte Blätter,

deren Erklärung in Merciers TABLEAU DE PA

vorkommt.

———————————

DUNKER, *GRAVEUR,*

ESQUISSES

POUR LES

TISTES ET AMATEURS DES ARTS,

SUR

PARIS.

———— ◆ ————

Nonante et six figures gravées à l'eau-forte,

l'explication se trouve dans le Tableau de Paris

par MERCIER.

———— ◆ ————

CHAP. I

CHAP. XXXI

CHAP. XL.

Au St Esprit
l'on dine proprement
et à juste prix.

CHAP XLII

CHAP XLVII

CHAP XLVIII

CHAP LVII

CHAP LXXIII

CHAP.LXXI.

CHAP. LXXXI.

C'est la le Successeur de Bayle

CAP. CXX

CHAP. CXL.

CHAP. CXLI.

CHAP CXLIV

o

CHAP: CLIX.

CHAP: CLXXII.

CHAP: CLXXIV.

CHAP. CLXXV.

Quatre bœufs attelés, d'un pas tranquille et lent,
Promenoient dans Paris le Monarque indolent.

CHAP. CLXXVIII.

C'est ici le fameux Geard, qui se fait
payer 10 prises d'entrée. Messieurs entrés.

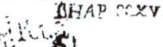

CHAP CCXV.

CHAP. CCXXXVI.

La cinquante Tomans

La cent Louis

CHAP. CCXI.

CHAP. CCL.

CHAP. CCL IV.

CHAP. CCLXXVII

CH. P. CCLXXIII.

CHAP. CCCII.

CHAP. CCC.X.

CHAP.CCCXVI.

M.DCCC.XIX.

a Neuf heures du matin

CLIII cccxxx.

CHAP. CC CXX.

CCCXXXI.

CHAP. CCCXXIII.

CHAP. CCCXXXIII.

CHAP. CCCXLV.

Le Nouveau Simeon Stilite.

CHAP. CCCXL

CHAP. CCCXC

CHAP. CCC

CHAP. CCCCIE

CHAP. CCCC VI.

CHD.CCCCXXV

Regrat de Volailles.

CHAP. CCCCXXXII

Regrat de Pa...

CHAP. CCCCXXXII

CHAP. CCCCXI.

CHAP. CCCCXLVII.

CHAP. CCCCLX

HOHE P. CCCC LXXV.

· CCCCLXXXI ·

CCCCLXXXII.

Premiere Toile
CHAP. CCCC. XC VIII

CRITICAL CXCLX.

CHAP DXXI .

CHAP. DXXXV.

La maior.   La Grafse.

L'Adroite

La fuperbe   L'Atriquant

Magasin Anglois
de Clinquaille

D.XLVIII

DLX I

DLXIV

DLXXIII.

XXIV.

DLXX VI

Gulliver en Carolins nars

DLXXXV.

DLXXXVIII.

DXCII.

CVII.

Pl. X.

il falloit ester mort fausta robe de porpre

DCX VIII.

DCXXX VII.

DCXLVIII.